모두의 연애

민조킹(김민조)

술과 사람을 좋아하고, 그들을 통한 이야기들은 창작에 큰 영감이 된다.

아직도 '작가'라고 불리는 것이 어색하고 쑥스럽다.

작가보다는 편안하고 재미있는 친구, 동생, 언니 혹은 누나이고 싶다.

돈이 많지도, 똑똑하지도 않지만 현재의 행복 지수는 99.

앞으로도 무언가에 구애받지 않고 내가 좋아하는 것들을 그리며

사람들과 공유하는 삶을 살고 싶다.

- 꾸준히 그렸던 그림들을 모아 혼자서 만든 책《귀엽고 야하고 쓸데없는 그림책》
- 자전적 이야기를 그림과 글로 엮은 독립 출판물《연애고자》를 출간했다.

www.instagram.com/minzo.king

모두의 연애

민조킹
지음

팬덤북스

Prologue.

이것은 나의 이야기이자 곧 당신의 이야기이다

"왜 너는 가장 소중한 사람을 함부로 대해?"

연애 시절, 남자 친구(지금은 남편이 된)가 내게 했던 말이다. 그때 우리는 다투고 있었고, 그 말을 듣자마자 나는 머리를 한 대 세게 맞은 듯한 충격을 받았다. 오죽하면 지금까지도 그날의 기억이 생생하다. 그가 나에게 했던 말 중 가장 기억에 남는 말이 달콤한 말도 아니고 원망하는 말이라니.

그때, 나는 아무 말도 하지 못했다. 아니, 할 수가 없었다. 그의 말이 다 맞았으니까. 연애를 꽤 오랜 기간 했기 때문에 우리는 누구보다 친했고 서로를 잘 알았다(고 생각했다). 사소한 것에 의미를 부여하고 눈을 반짝이며 상대를 위해서라면 무엇이든 할 수 있을 것 같던 시간들을 지나, 편하고 익숙한 연인이 되었을 때 나는 크나큰 실수를 저지르고야 말았다. 그것은 일종의 여느 오래된 연인들이 범하는 우愚와도 같은 것이었다. 상대의 입장을 이해하고 감싸 주려 노력했던 처음의 모습은 온데간데없고, 무언가에 홀린 듯 가장 가깝고 편한 내 편을 갉아먹고 있었다.

그의 뼈 있는 한마디는 나를 흔들어 깨웠다. 상대를 다 안다고 생각하니 새로운 면들이 보였다. 비슷하다고 생각했지만, 깊이 들여다보면 미묘하게 달랐다. 그것들을 깨달아 가는 여정들은 그다지 아름답지 않을 때가 많았고, 인고의 시간을 필요로 했다. 적어도 나에게 연애는 그랬다. 이런 일련의 과정은 앞으로 우리가 거쳐야 할 통과 의례 같은 것이었다. 그리고 그날의 다툼 이후, 나는 우리가 더 단단한 연인이 되었다고 생각한다.

이런 나의 이야기는 곧 당신의 이야기이다. 처음에는 잘 짜인 시나리오의 주인공처럼 모든 것이 착착 들어맞는 듯해 '이건 운명이야!'라고 생각하기 쉽다. 그러다 서로의 다름을 발견하고, 어긋나고, 예상치 못한 모습에 놀라고, 실망하고, 있는 그대로의 나를 이해해 달라고 소리 지르고… 마침내 서로를 받아들이고, 보듬어 안는 그 치열한 모습들. 《모두의 연애》에는 우리의 이러한 모습들, 연애의 적나라한 민낯을 담아 보려 했다.

나는 소망한다. 사랑이 없으면 살 수 없는 우리가, 그럼에도 불구하고 그 사람과 함께하고 싶은 이유를 찾고, 마음을 확인하며, 애증 가득한 싸움을 계속해 주길 바란다. 그러니 지치지 말고 포기하지 않기를!

언젠가 정식으로 책을 내게 된다면 Thanks to를 써 보고 싶다는 촌스러운 생각을 했었는데, 막상 이름을 나열하려니 빠트리면 서운해할 사람이 많을 것 같아서 짧게 적는다. 함께 책을 만들어 보자는 한 통의 메일을 인연으로 나와 같이 6개월의 시간 동안 고생해 준 팬덤북스 이선희 편집자님, 내 이야기를 들어 주고 또 내게 이야기를 들려주는 친구들에게 감사의 마음을 전한다. 끝으로, 내가 계속 그림을 그릴 수 있도록 항상 응원해 주고 지지해 주는 one and only, 나의 든든한 버팀목, 나의 남편 정용준 씨에게, 집에서는 다 표현 못하는 사랑을 담아 보낸다.

1ROUND

1year

2ROUND

3years_

3ROUND

5years_

1ROUND

1year_

어느 날 갑자기

비 냄새 좋다...

오늘은
우산을 쓰지 않을래.

어... 저... 그게...

분명 영화에서나 나올 법한 첫 만남이었는데...
그때는 네가 왜 마냥 이상한 사람처럼만 보였을까?

데이트

사랑받고 있어요

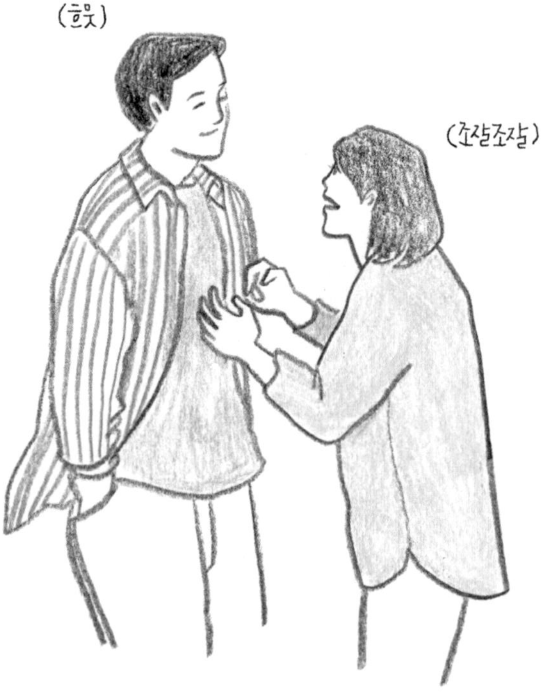
(흐뭇)
(조잘조잘)

발 맞춰# 걷기

오후 11:40
발신통화 2시간 40분

CCTV 작동중

GooD

GOOD

GOO

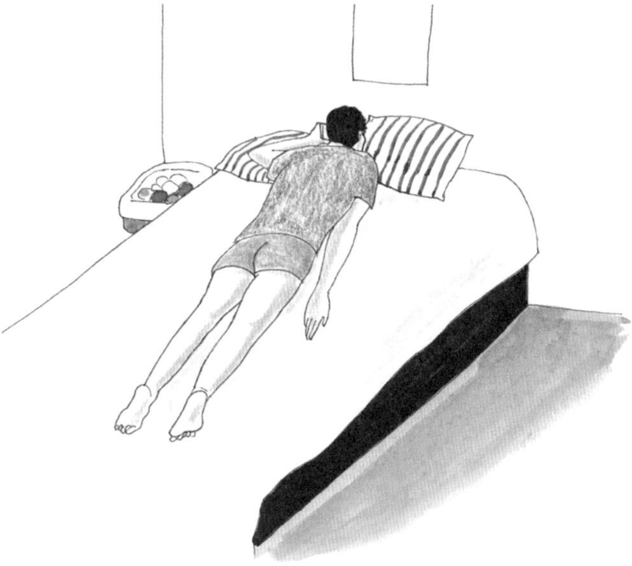

GOOD

무슨 할 말이 그리 많아 전화기가 뜨거워지도록 붙잡고 있었는지.
시답지 않은 이야기에도 어찌나 웃음이 나던지.
그 밤에 왜 그토록 네 목소리가 듣고 싶었는지.

여기도
사람 있어요

얘네 아주 우리를
투명 인간 취급하네.
여기 사람 있거든?
눈에서 꿀
떨어지는 거 아니지?
왜 같이 보자 그랬어...
그만 좀 해.
술맛 떨어질라 그래...

헤어짐이 아쉬워

혹시나 네 얼굴 잊을까
1분 1초가 아까워.

포근한 #
겨울

첫 여행

셔츠# 사이로

보이는 그녀의 속옷.

오늘만이다?

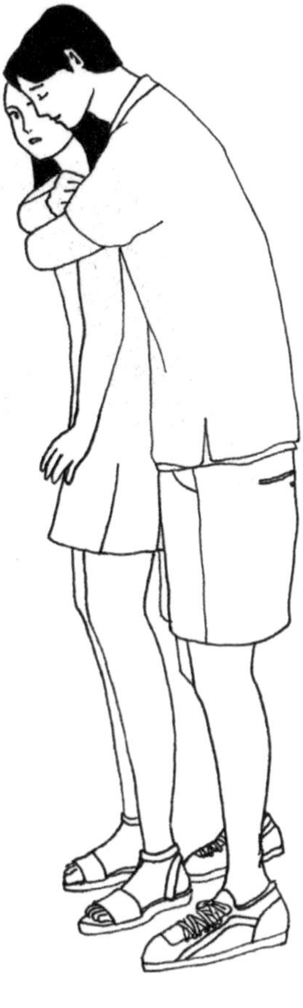
집에 안 가면 안 돼?

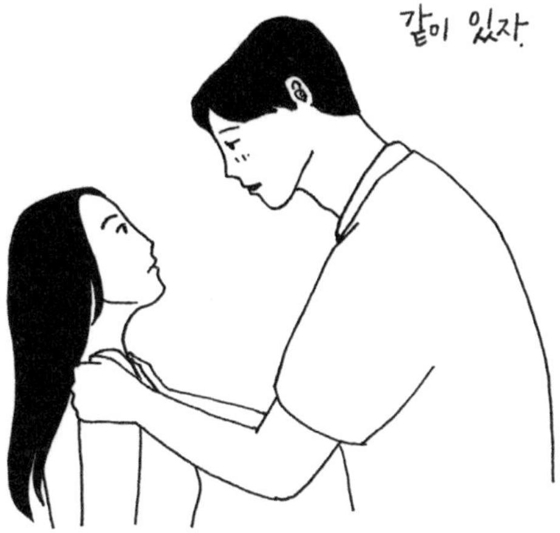
같이 있자.

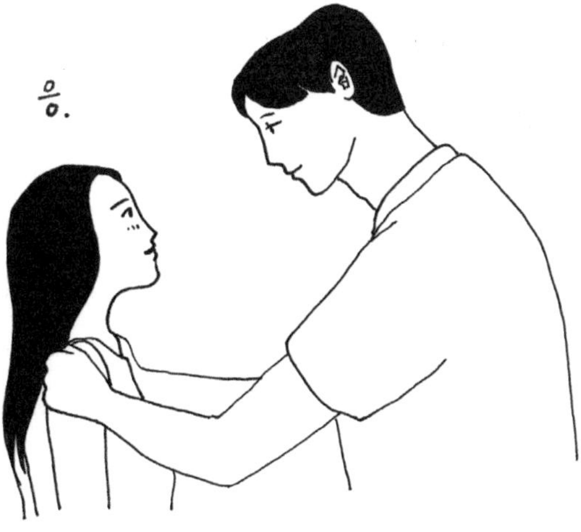
응.

그새
잠든 거야?

불꽃놀이

너와의 처음들

지금까지 살면서 몇 번의 연애를 해 봤는데도
처음 해 보는 게 어찌나 많은지...
그런데 참 다행이야. 이 모든 게 처음이라서.
너와 함께하는 소소하고 소중한 처음들.

#이러니 빽이 가지

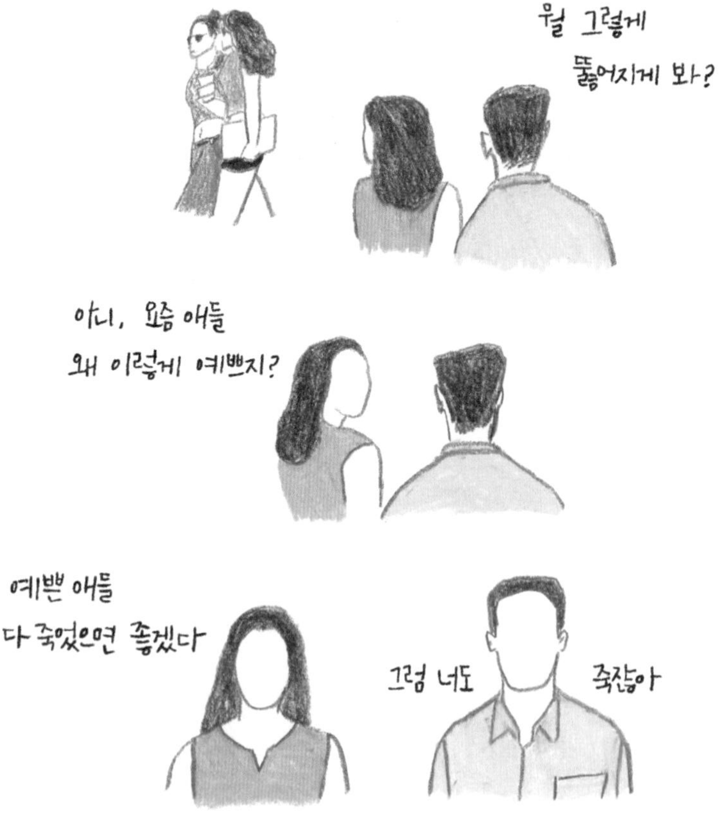
뭘 그렇게 뚫어지게 봐?
아니, 요즘 애들 왜 이렇게 예쁘지?
예쁜 애들 다 죽었으면 좋겠다
그럼 너도 죽잖아

진짜인데
나 너
예뻐서 사귀는 건데
푸하...
뭐래...

뭐가
그렇게 좋아?

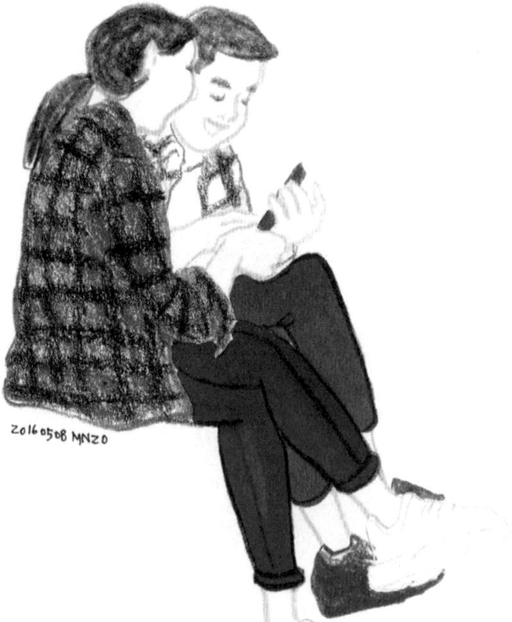
20160508 MNZO

달아요 #

손뼉도 마주쳐야 소리가 난다

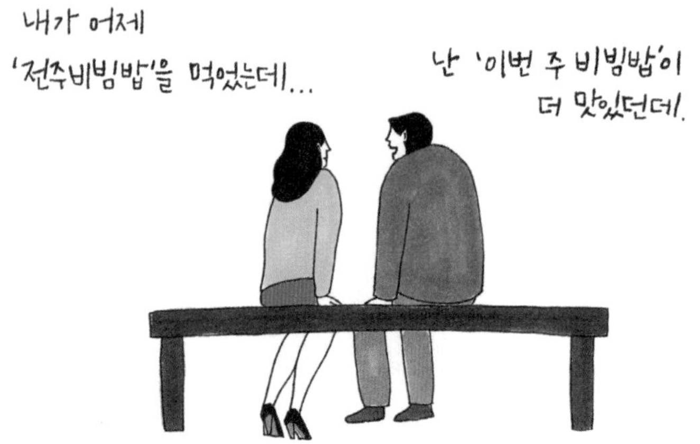
내가 어제
'전주비빔밥'을 먹었는데...
난 '이번 주 비빔밥'이
더 맛있던데.

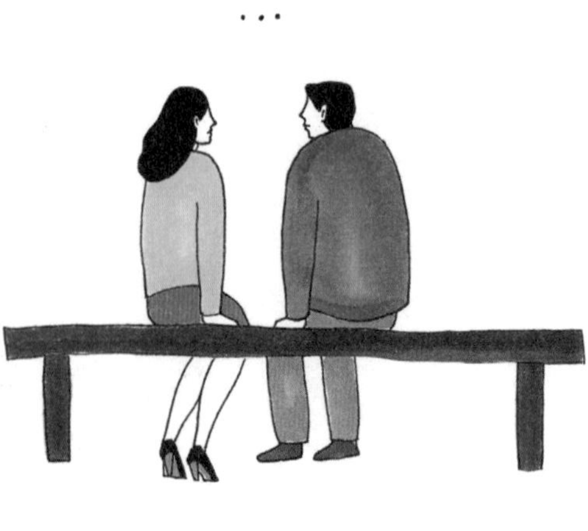
...

푸핫
웃기지? 웃기지?

아- 하나도 안 웃기거든? 아재 같아!
세상에서 제일 크게 웃어 놓고 안 웃기긴?

사과하는 방법의 올바른 예

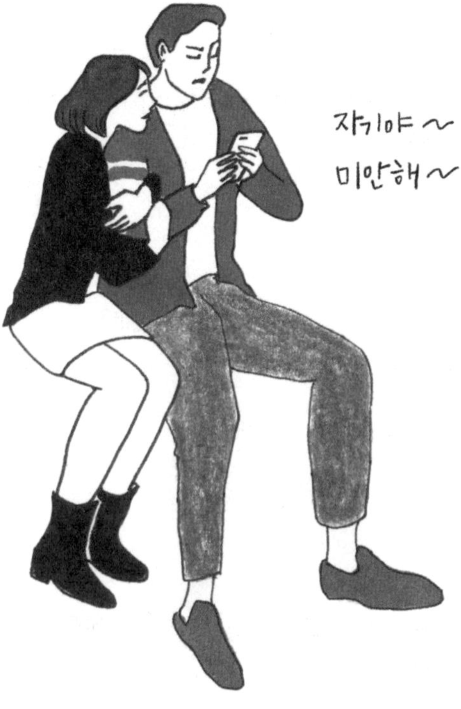

자기야~
미안해~

화 풀어~

화 풀었으면
뽀뽀~
으이그...

기대해

10cm #

고집합

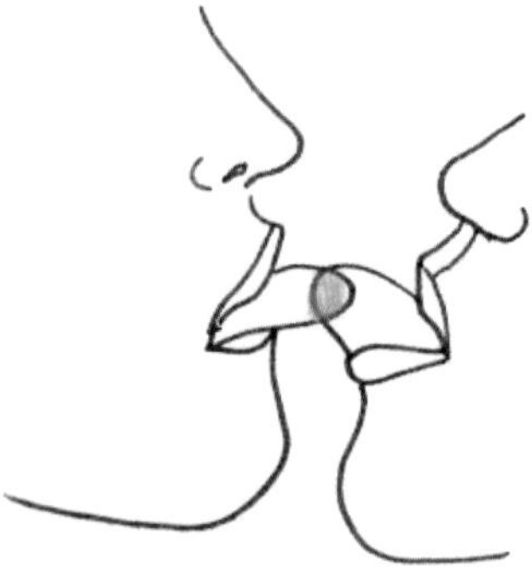

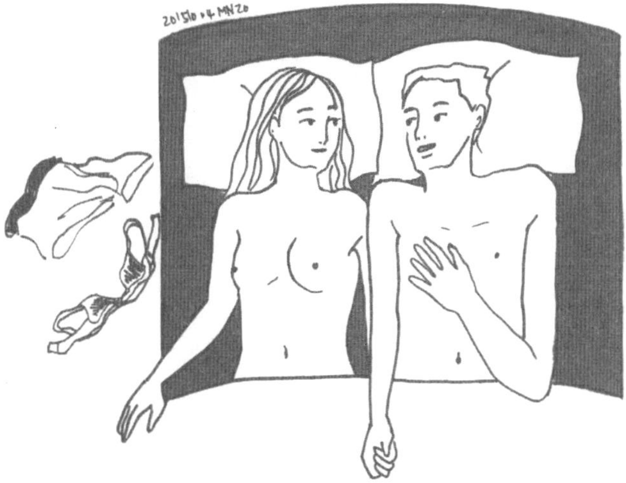

물론, 할 때도 좋지.
그런데 지금처럼 하고 난 후에 누워서
시시콜콜한 이야기를 나누는 이 시간이
나에게는 그렇게 소중할 수가 없어.

이 집
잘하네

이 집 잘하네-
다음에 남친이랑 와야겠어-

#어?
이게 아닌데…

늦었다. 집에
데려다줄게.

어디 가!
너희 집은 반대쪽이야!

오빠, 오늘은 안 데려다줘도 돼.
내일 출근이잖아.

무슨 소리야
밤길 혼자 위험해.

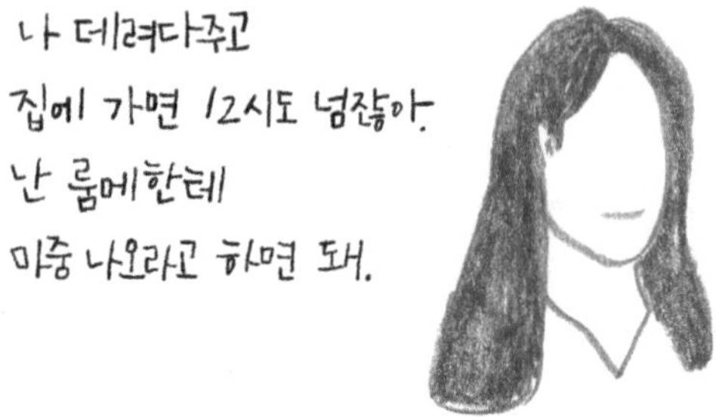
나 데려다주고
집에 가면 12시도 넘잖아.
난 룸메한테
마중 나오라고 하면 돼.

자꾸 데려다주면
나 버릇 돼.
그래도...

버스 왔다!

얼른 타, 얼른.

잘가♥

고마워!
사랑해!

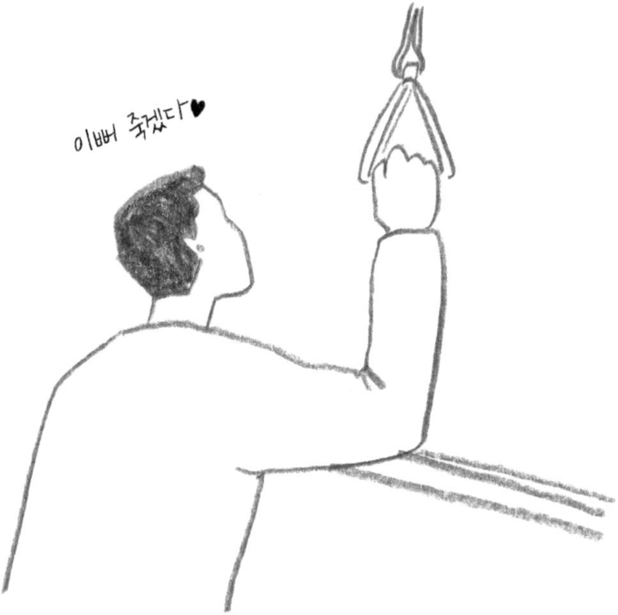
이뻐 죽겠다♥

(어쩜... 딱 한 번 되묻더니
뒤도 안 돌아보고 가는구만.)

오매불망

답장 와라.

#남녀 차별

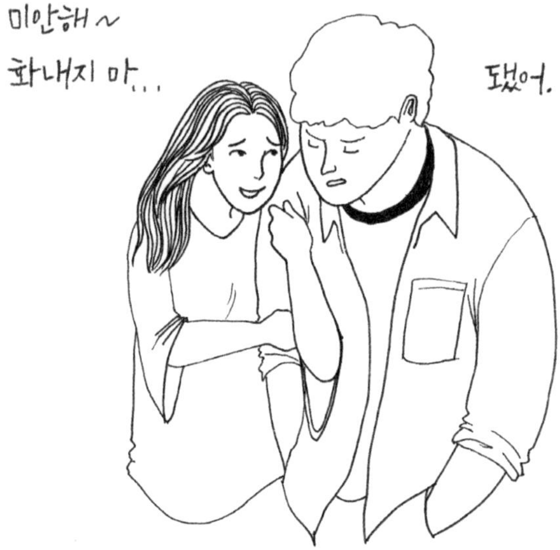
미안해~
화내지 마...
됐어.

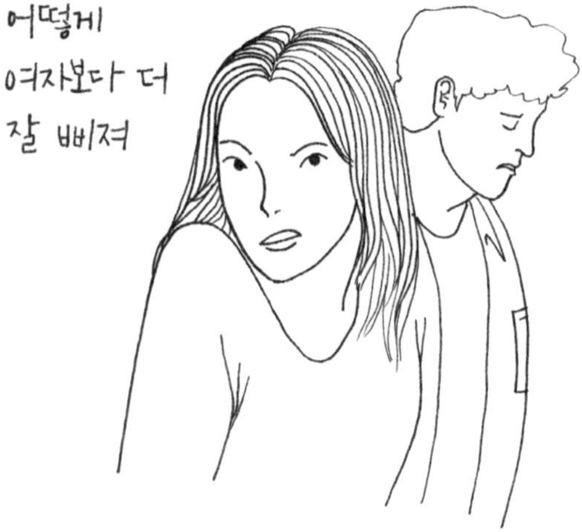
어떻게
여자보다 더
잘 삐져

너가 너무 좋다가도

또 다시 상처받을까 봐 겁이 나.

얼마든지

내가 이렇게 행복해도 될까?

내가 이런 사랑을 받아도 될까?

온기

a hug #

밀당 따위
필요 없어

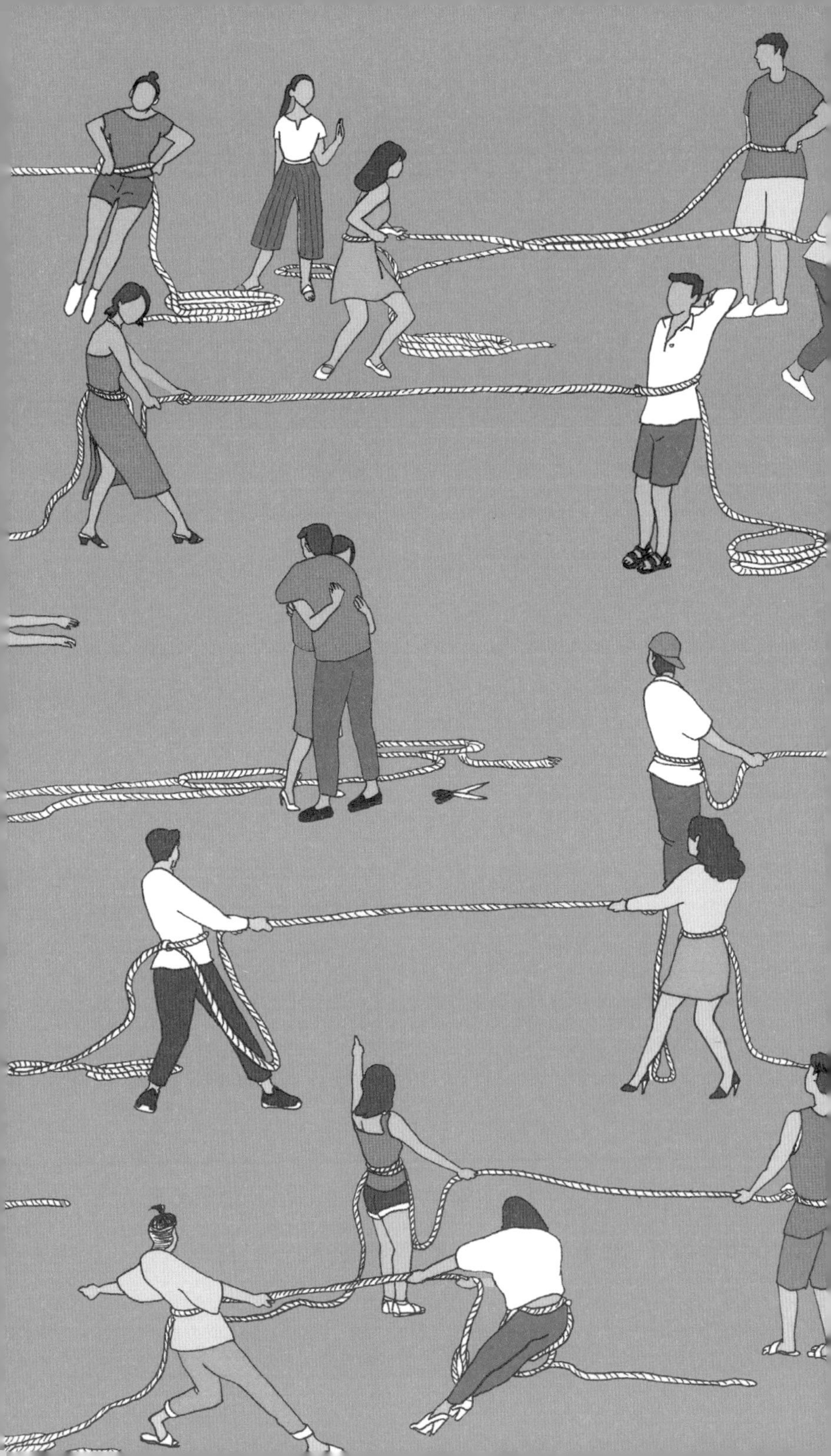

2ROUND

3years_

동전의 양면

-장거리 연애 너무 지친다.
그냥 빨리 남자 친구랑 결혼해 버리고 싶어.
모텔비도 많이 나가고 통금도 지긋지긋해.

-어휴, 나를 보고도?
난 남자 친구랑 같이 산 지
이제 6개월째인데 한 6년은 만난 것 같아.

- 데이트하는 주말만 기다려지고.

- 같이 살아 봐. 데이트가 뭐야.
기념일만 챙겨 줘도 고맙지.

-어쩌다가 싸우기라도 하면
얼굴도 못 보니까 괜히 마음만 더 상해.

- 너 그거 모르지?
열 받았는데 눈에 보이면 괜히 더 열 받는다?

닮아 가네

더 좋아#

오늘은 내가 리드한다?

툭

스윽

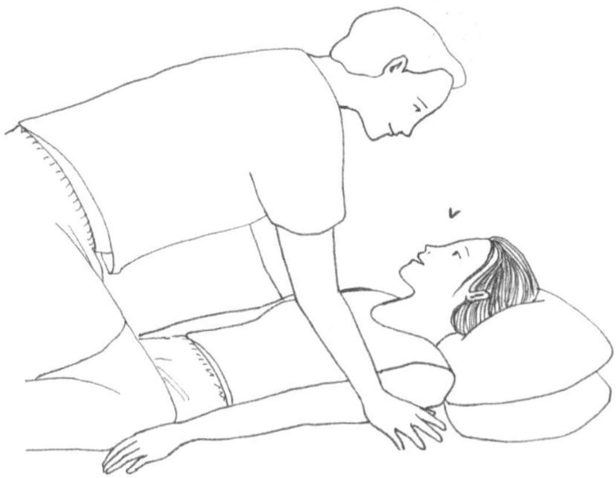

#승부수

-오빠, 오늘 집에 들어갈 거야?
-아니, 밤새 네 가슴 만질 거야.

당신의
선택은?

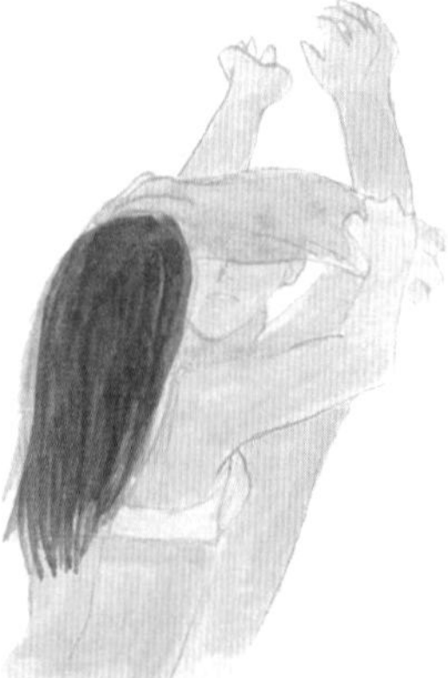

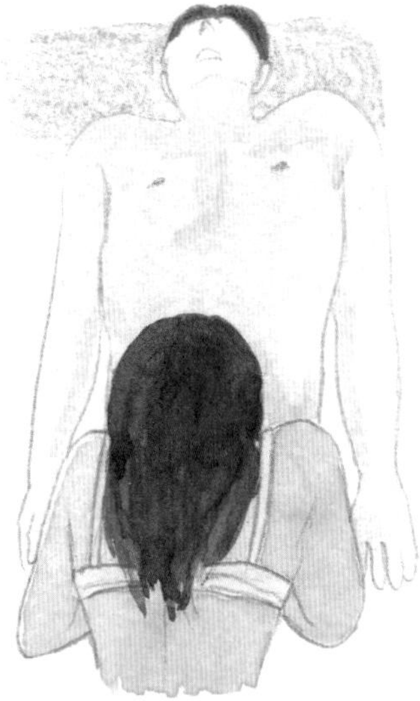

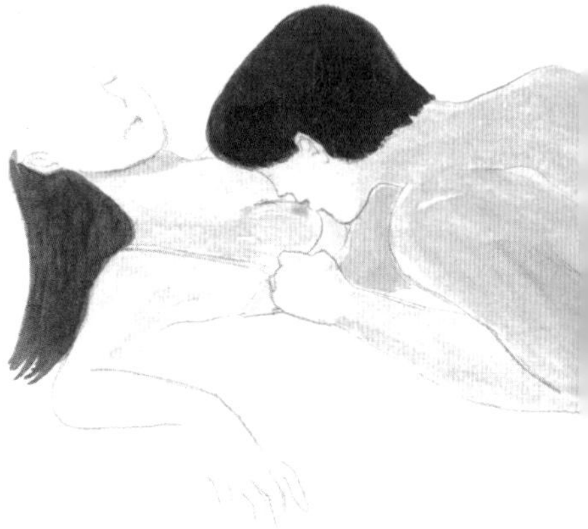

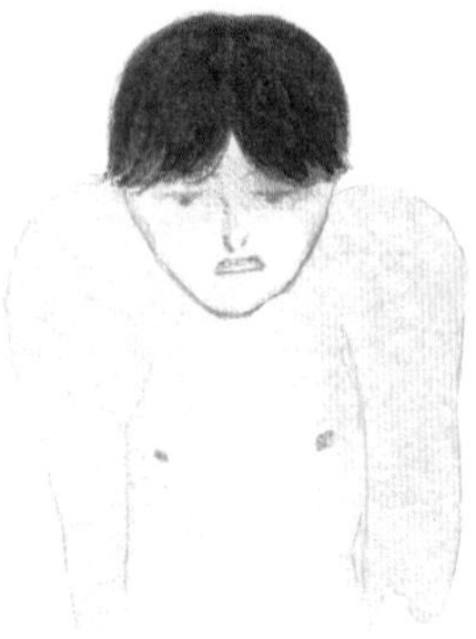

……

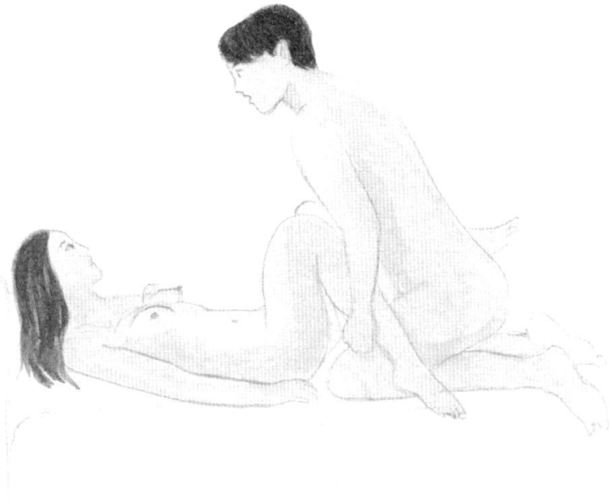

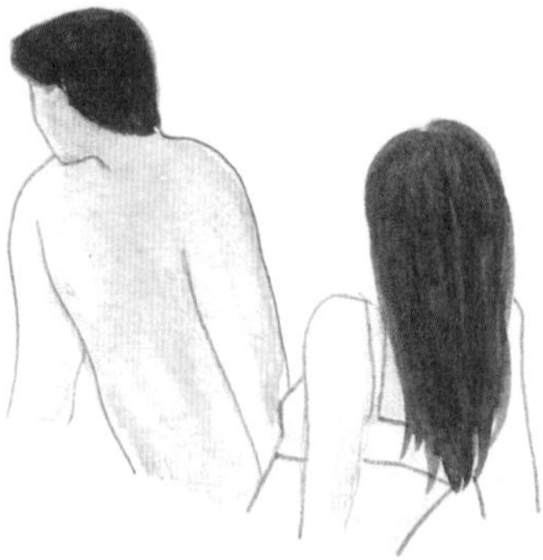

CU
24 hours!!

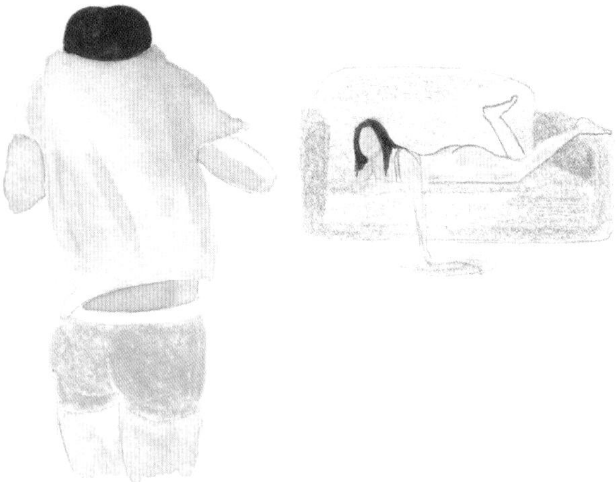

닥

joystick

She said she wants to ride my joystick.
She act like she wanna ride my joystick.

2/3, 〈Joysticc〉

나쁜(좋은) 손

선비
남친

내 남자 친구는
선비다.

모름지기
남자는 하늘!
여자는 땅!
누가 선비
아니랄까 봐
제수씨는
쟤 왜 만나요?

자기 친구들 앞에서는
온갖 허세를 다 부리지만

드시오
맛이 제법 괜찮소

둘이 있을 때는 생선 가시도 발라
밥 위에 올려 준다.

어차피 시들어 버릴 것을... 흠...
난 꽃 중에
해바라기가 제일 좋아.

나 왔어!

이게 뭐야?
오다가 주웠소
그리고 이렇게
해바라기 꽃다발을
사줄 줄도 안다.
고마워, 자기...
에헴!

에헴!

어디 여자가
배랑 궁둥이를
훤히 내놓고!
그대는 저런 옷
절대 아니 되오!

알았어

단, 야한 옷을 입는 것만큼은
절대로 허락해 주지 않는다.

자기, 나 어때?

오, 누가 이런걸... 입으라고... 했
냉큼 이리 오시오...

물론, 둘만 있을 때는 예외다.

탁탁

익명게시판
내 남친 선비인데..

복숭아

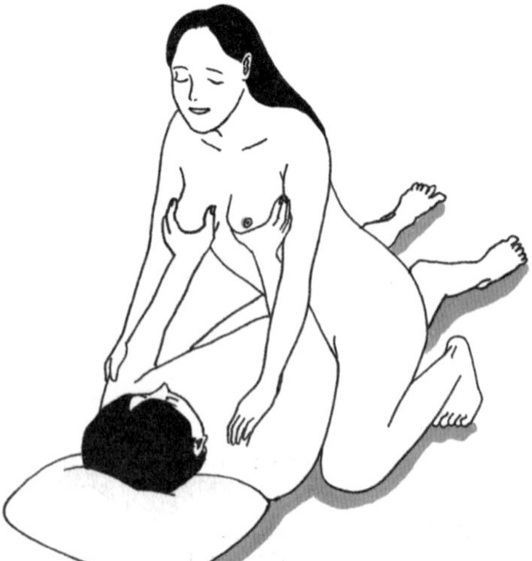

오르가슴#

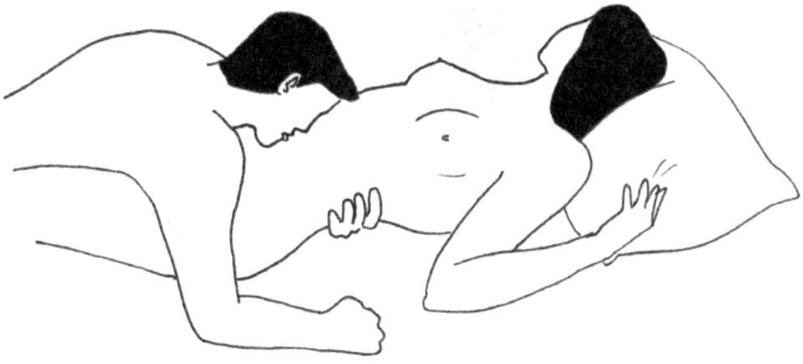

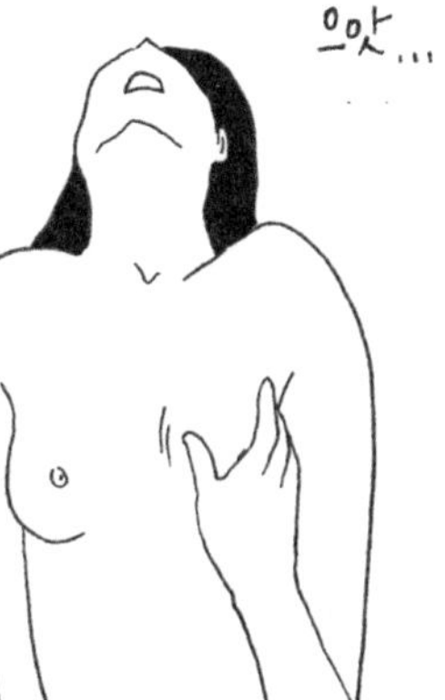
으앗...

하아...
하아...
괜찮아?
풀썩

하...
나 느낀 것 같아..

그럼 이번엔 내 차례야.

어흥
꺄♥

나는 되지만
너는 안 돼

벌떡

그게 아니라...
미안해...
그래도 집에는 잘 왔는데...

미안해...

뚝
앞으론 절대 이런 일 없...

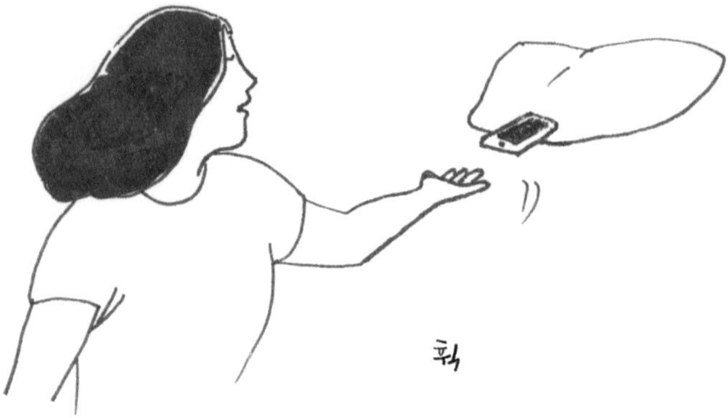
휙

으으... 머리 아파.

설마... 이런 일로 헤어지자고 하겠어?

일부러 그런 것도 아닌데...

가만... 어디서부터 기억이 없는 거지?

대체 필름은 언제 끊긴 거야.

그래도 집에는 잘 왔으니까...

그래, 그럼 된 거지 뭐.

아 몰라. 일단 한숨 자고

일어나서 생각하자.

사과하는 방법의 잘못된 예

아 미안하다고!
이게 진짜
미안한 사람의 태도야?

두고 보자

아직까지
연락이 없다 이거지...

흔한 풍경

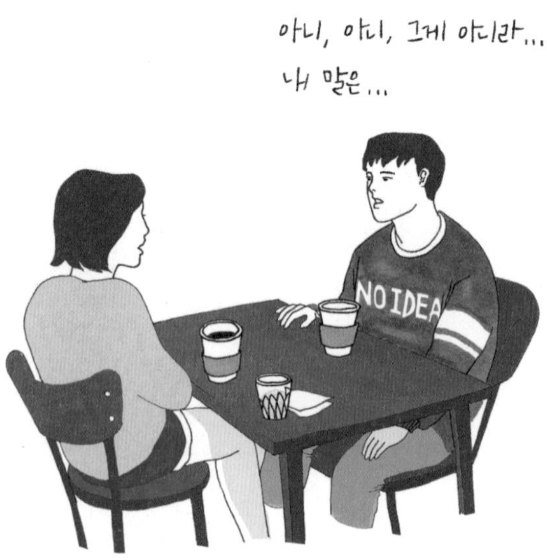

아니, 아니, 그게 아니라...
내 말은...
NO IDEA

언쟁의 #
뫼비우스

네 잘못 내 잘못?
_She said

거의 다 왔어

(아까부터 그 말만 몇 번째니)

어... 여기가 아닌가?...
또 길 잘못 든 거야?
(아 괜히 힐은 신어 가지고)

저기 저쪽인 것 같아
확실해?
(제발, 나 발 아파 죽겠어)

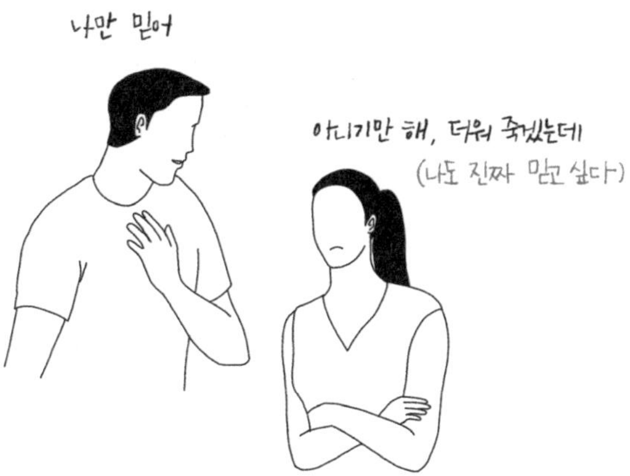
나만 믿어
아니기만 해, 더워 죽겠는데
(나도 진짜 믿고 싶다)

BERGER
저기, 간판 보인다!

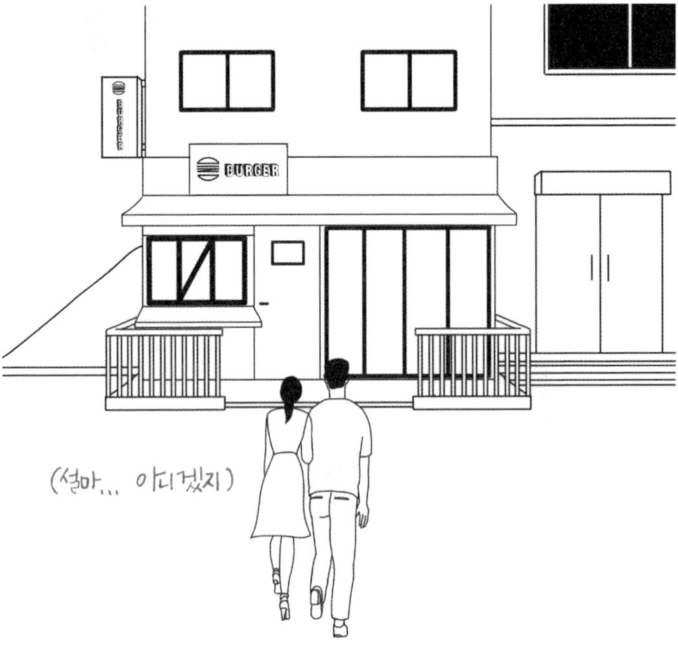
BURGER
(설마... 아니겠지)

(내가 전화 좀 해 보라고 그렇게 말했는데 내 말은 듣지도 않고)

짜증 나. 길도 헤메더니 전화도 안 해 보고

무작정 온 거야? 어떡할 거야, 어?

더워 죽겠는데 이제 어디 가!

말이 좀 심하다? 내가 너 골탕 먹이려고

일부러 그런 것도 아닌데

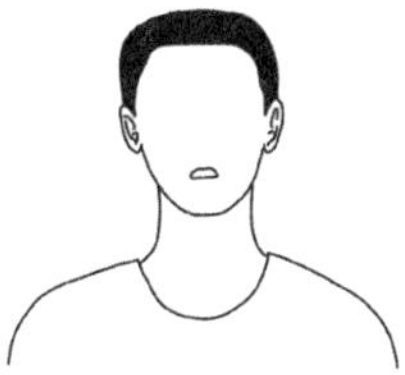

내가 무슨 화를 냈다고 그래

(넌 늘 이런 식이야. 내가 말하는 건 귀담아 듣는 법이 없어)

네가 먹자고 해서 여기까지 왔고

그래서 상황이 이렇게 됐는데 왜 네가 화를 내?

지금 내는 게 화가 아니면 뭔데?
됐어, 그만하자.
(또 그 소리, 다 귀찮다 이거지?)
그만하긴 뭘 그만해 –

그만하자고,
너 이럴 때마다 지친다 진짜
뭐?
(지금 그게 나한테 할 소리야?)

그러니까 그만하고 밥이나 먹자

(안 돼 참아, 이 타이밍에 눈물은 아니야)

지금 밥이 넘어가?

됐어. 나 집에 갈래. 지금 이 기분으로는

너랑 마주 보고 밥 못 먹을 것 같아

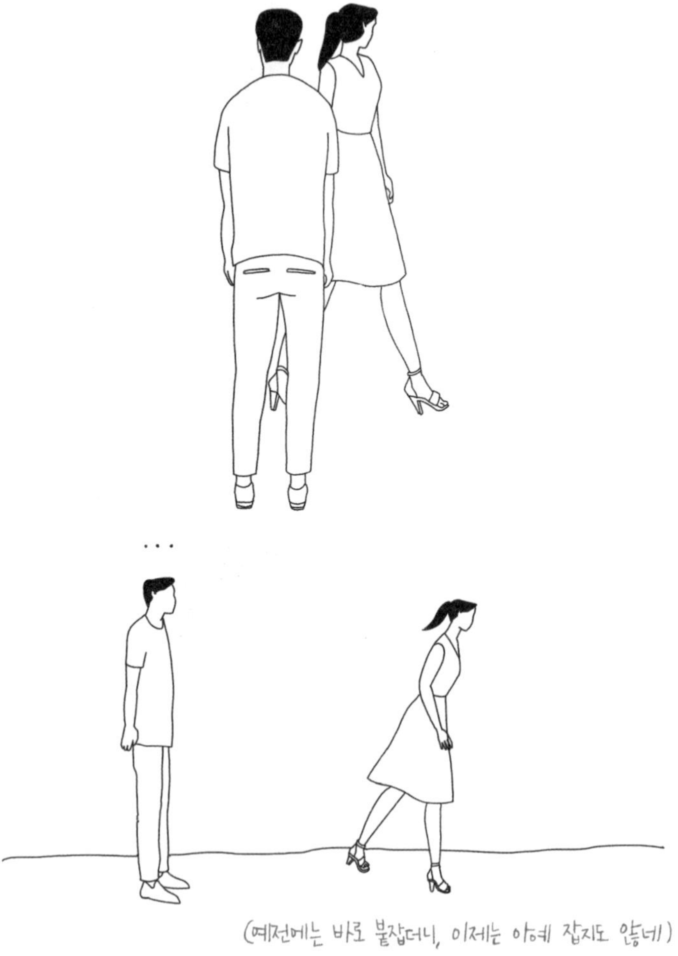
...
(예전에는 바로 붙잡더니, 이제는 아예 잡지도 않네)

시작은 #
그렇게

다툼은 아주 사소한 데서 시작된다.
여느 연인들이 다 그렇듯이
술집에서 나온 기본 안주라던가
방바닥에 떨어져 있는 머리카락
뭐 이런 것들 때문에 싸울 수도 있음을
요즘 들어 알게 되었다.
그런 것들이 조금씩 번져
-그럴 수도 있겠지
-이해해야지
마음으로는 천 번이고 만 번이고 그러려 했으나
결국은 못 견디게 서운했던 것들까지 끄집어내게 된다.
인정해야만 한다.
절대로 좁혀지지 않는 차이
절대로 이해할 수 없는 다름을.
그럼에도 여전히
달라지지 않을 걸 알면서도
쓸데없는 오기를 부려 가며
승자도 패자도 없는 싸움을 반복하는 이유는 무엇일까.

네 잘못 내 잘못? #
_He said

거의 다 왔어
(그러니까 얼굴 좀 펴)

어... 여기가 아닌가?...
(망했다)
또 길 잘못 든 거야?
저기 저쪽인 것 같아
(제발 한 번만 살려 주세요)
확실해?
나만 믿어
(나한테 왜 그래)
아니기만 해, 더워 죽겠는데

BERGER
저기, 간판 보인다!

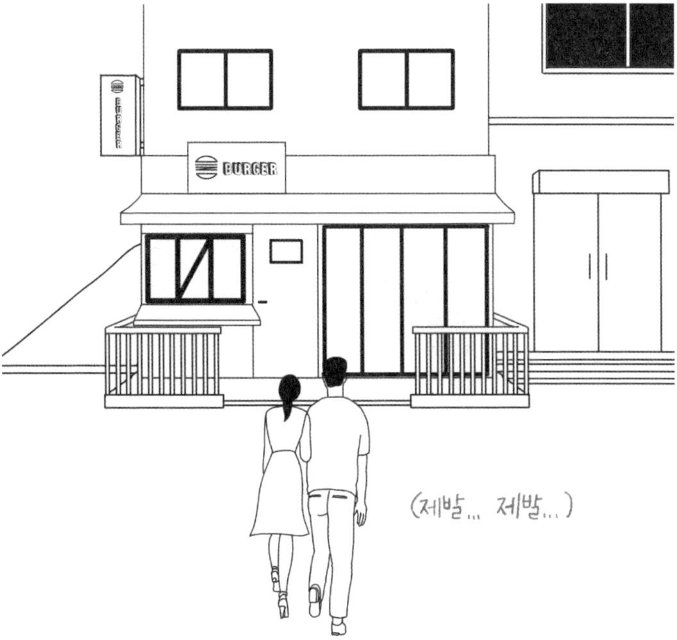
BURGER
(제발... 제발...)

짜증 나, 길도 헤메더니 전화도 안 해 보고
무작정 온 거야? 어떡할 거야, 어?
더워 죽겠는데 이제 어디 가!

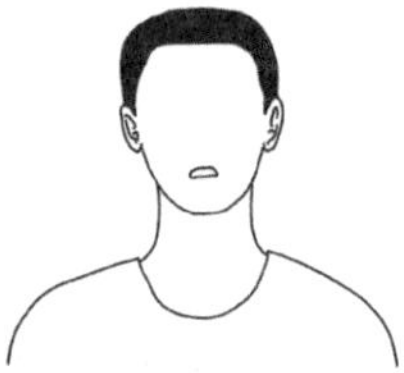

(얘 또 밥 못 먹어서 예민하네. 그래, 내가 참자)
말이 좀 심하다? 내가 너 골탕 먹이려고
일부러 그런 것도 아닌데

네가 먹자고 해서 여기까지 왔고
그래서 상황이 이렇게 됐는데 왜 네가 화를 내?

(이건 또 무슨 소리야. 화는 지가 내놓고)
내가 무슨 화를 냈다고 그래

지금 내는 게 화가 아니면 뭔데!?
(하... 또 시작이네)
됐어, 그만하자.
그만하긴 뭘 그만해 –

그만하자고,
너 이럴 때마다 지친다 진짜
(남의 가게 앞에서
사람들 다 쳐다보는데
이게 뭐하는 짓이야)
뭐?

그러니까 그만하고 밥이나 먹자
(맛있는 것 먹고 기분이나 풀자)
지금 밥이 넘어가?

됐어. 나 집에 갈래. 지금 이 기분으로는
너랑 마주 보고 밥 못 먹을 것 같아

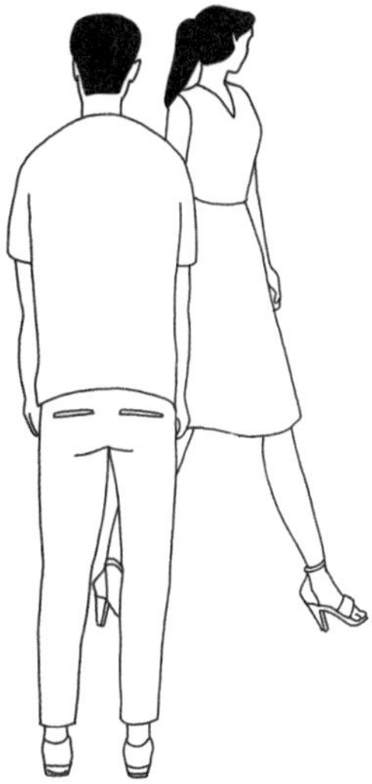

(샹년)
...

또 울어

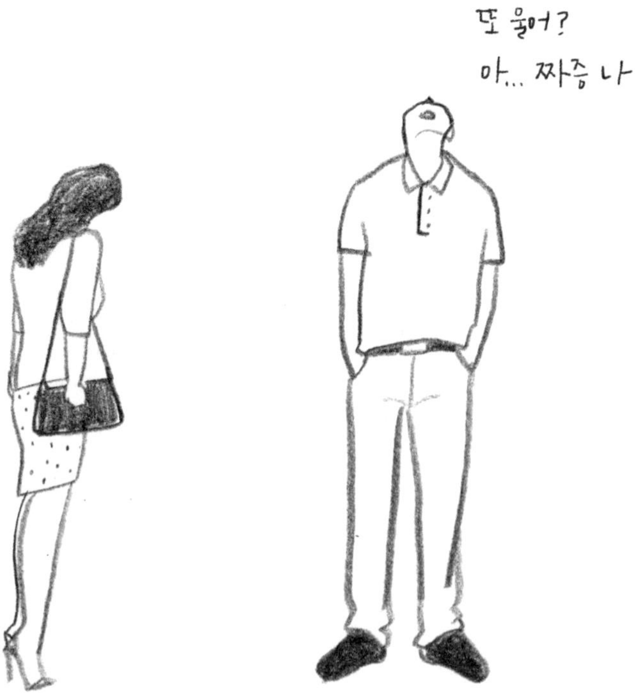
또 울어?
아... 짜증 나

불편한 진실과 #
마주하는 순간

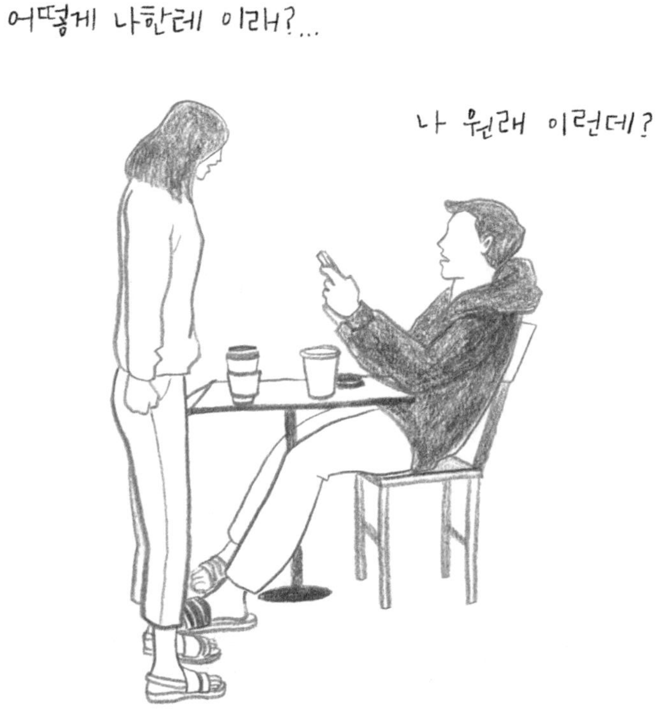
어떻게 나한테 이래?...
나 원래 이런데?

with you

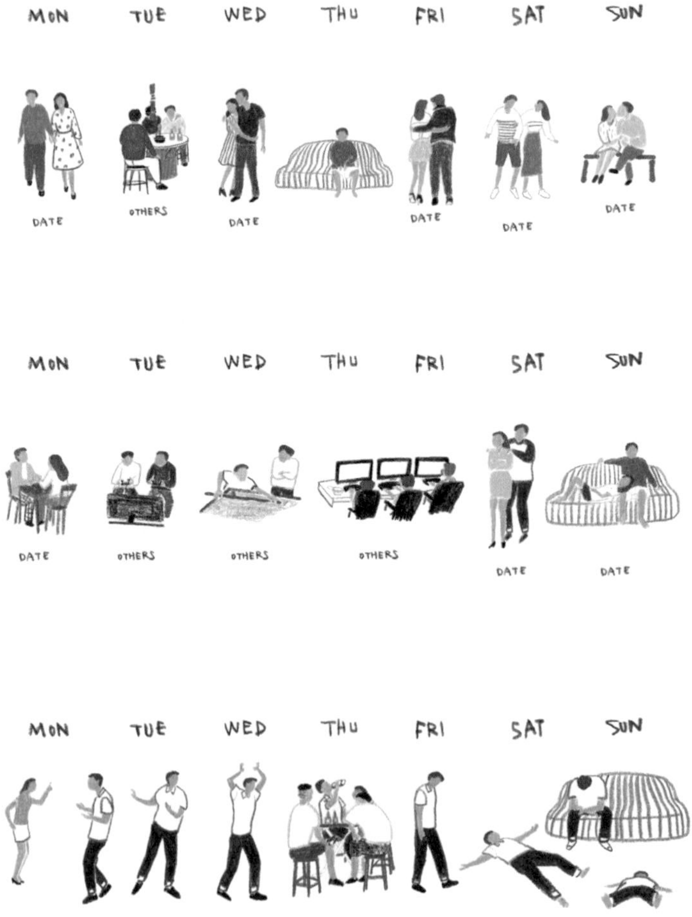

With(out) You

날[#]
사랑하는 게 아니고

날 사랑하는 게 아니고 날 사랑하고 있다는
너의 마음을 사랑하고 있는 것은 아닌지...

오지은, <날 사랑하는게 아니고>

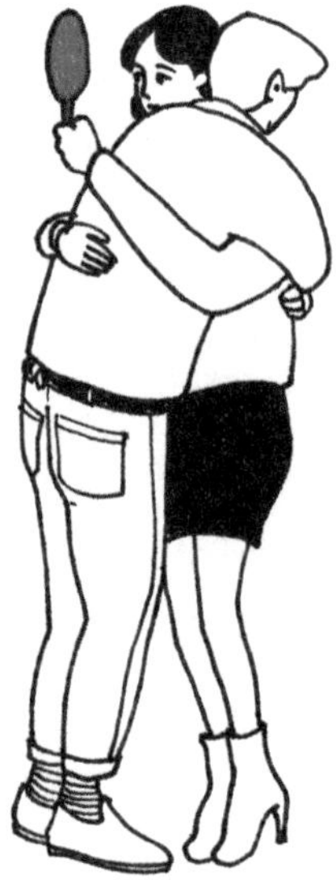

그러게
왜 그랬어

그러게 왜 그랬어?
왜 애초에 그런 말을 했어?
이렇게 이 시간에 찾아올 거면서
비는 또 왜 맞았어?
너 지금 무슨 드라마 찍어?
그렇게 걸친 것도 없이 얇게 입고서
왜 그러고 섰어? 들어와
얼른 들어와 씻어 보일러 켜놨어
나 내일 일 있어 어제도 잘 못 잤어
나 잘게 씻어 거실 불은 니가 꺼
맨날 왜 그래?
맨날 왜 그래? 뭐가 맨날 이렇게 힘들어?
너랑 나는 왜
맨날 똑같은 자리에서 이렇게 힘들어?

그러게 왜 그랬어?
왜 애초에 그런 말을 했어?
이렇게 아무 말도 하질 못할 거면서
아 또 왜 울어?
나는 뭐 괜찮아서 이래?
그렇게 모진 말도 잘만 했었으면서
왜 그러고 섰어? 일루 와
얼른 일루 와

이렇게 안고 있으면 미친 듯이 좋은데

장기하와 얼굴들, <그러게 왜 그랬어>

위로

독설

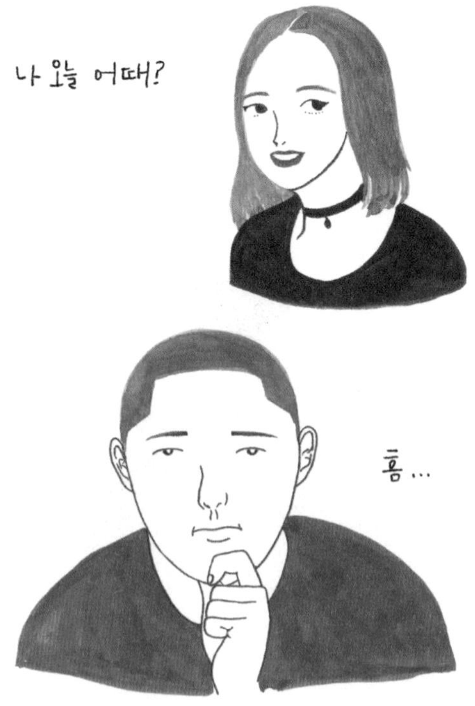
나 오늘 어때?
흠…

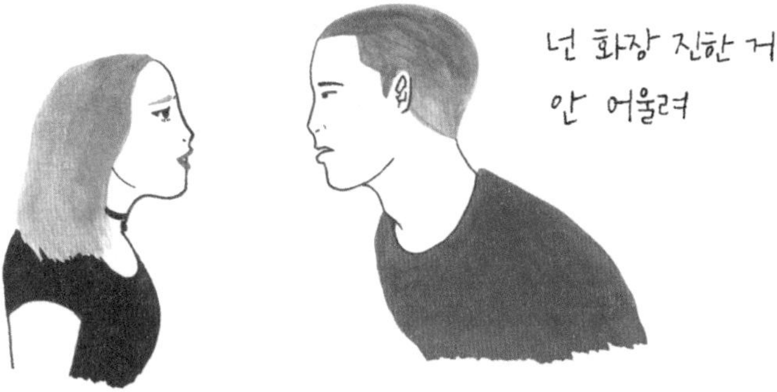
넌 화장 진한 거
안 어울려

그리고 목에 그건...
개 목줄이야?

무슨 말이 그래?
그냥 예쁘다고 한마디 해 주면
어디가 덧나?

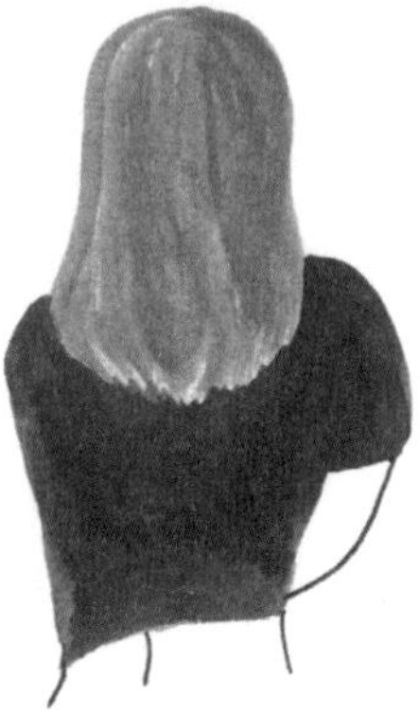

넌 꾸미는 거 안 어울려
그냥 흰 티에
청바지 입는 게 제일 나

알아, 나도 알면서도
너한테 잘 보이고 싶어서 그런 거잖아
그런데 어떻게 나한테...

아니... 난 그냥 네가 평소답지 않은...
그리고... 너도 불편하고

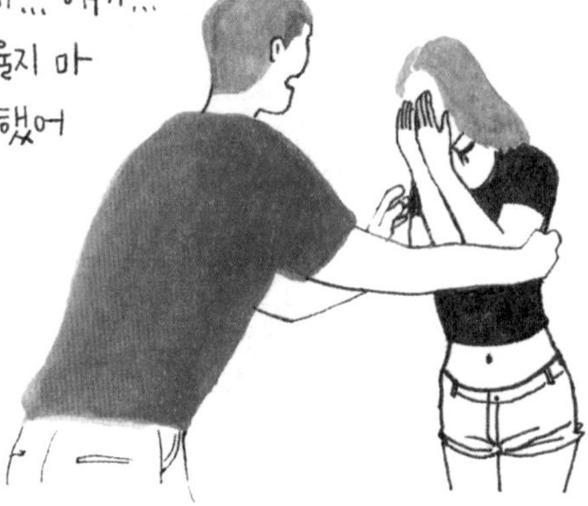

나도 어렵게... 얘기...
아... 울지 마
내가 잘못했어

네가 날 위해 노력하는 모습도 좋은데
그냥 지금 이대로도 난 충분해

그리고 흰 티에
청바지 어울리는 여자
별로 없다?
내 눈에만 예쁘면 됐지
안 그래?
(...꾸미고 나와서 딴 놈들이
너 흘끔거리는 거 딱 싫어)

#가슴
만질래?

승부 조작

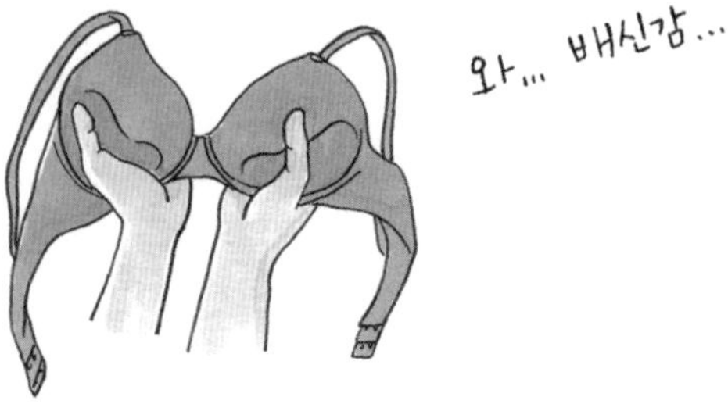
와... 배신감...

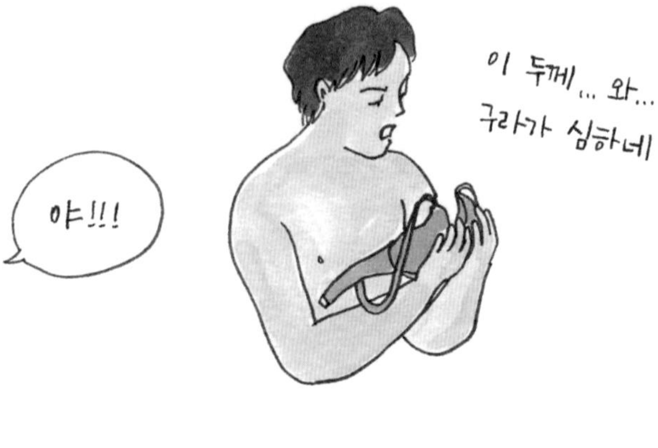
이 두께... 와...
구라가 심하네
야!!!

아 - 내놔!

아... 안 보여...
따뜻하고 좋네 아주
야!!

슴기꾼!!
너 고소!!
닥치고
일로 와

남친여친[#]
게임

판도라의 상자

근데 왜 너는
얘기 안 해 줘?
그걸 알아서 뭐하게

난 다
말해 줬잖아

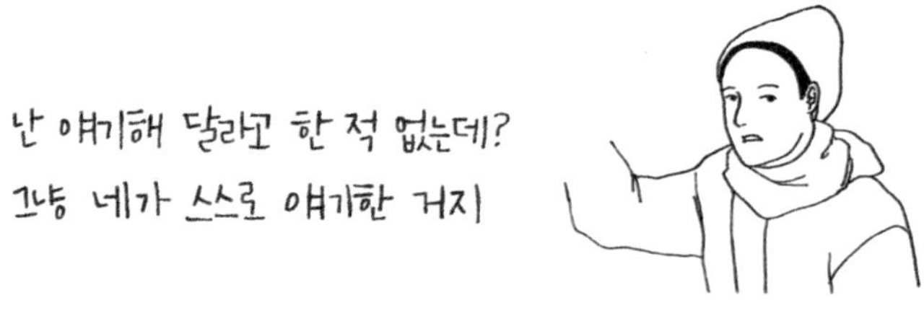
난 얘기해 달라고 한 적 없는데?
그냥 네가 스스로 얘기한 거지

아니, 말 못 할 이유가 없잖아
우리가 한두 살 먹은 애들도 아니고
내가 그 정도도 이해 못 할 것 같아?

참... 네가 퍽이나 이해를 하겠다
너 안 쿨한 거 내가 다 알거든?
말해 주면 그거 들먹이다 결국 싸움만 되겠지
알아도 좋을 게 하나 없다고

혹시... 아직도 뭐가 남아 있는 거야?
그래서 말 못 하는 거야?

억지 좀 그만 부려

그리고 솔직히 네가 그 얘기할 때 나 듣기 힘들었어
그런데 너라고 듣기 좋을 것 같아?

그러니까 내 말은
기억도 잘 안 나는 옛날 얘기 말고
지금 우리 얘기만 하자는 거지
응?

(...응...)

마음 정리

내 마음속에서 참 오래도 있었네.
하지만 이제는 떠나 주어야 할 때가 온 것 같아.
진짜 사랑하는 사람을 만났거든.
미련도, 헛된 기대도 갖지 않을 만큼
사랑하는 사람을.

변했어

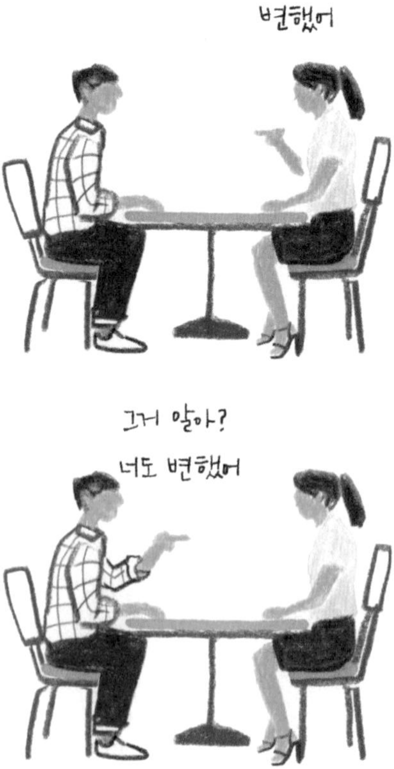
변했어
그거 알아?
너도 변했어

혈

- 눈빛부터 변했어.

예전처럼 매일 집에 데려다주지도 않고, 연락하는 횟수도 줄고

밥 먹을 때 나를 보는 시간보다 핸드폰 보는 시간이 더 많아.

가끔은 나랑 같이 있는 게 지루해 보이기도 하고,

또 예전만큼 내 몸을 원하는 것 같지도 않아. 그리고 요즘은

나랑 찍은 사진 SNS에도 잘 안올리더라?

- 근데 그거 알아? 너도 변했어.

예전에는 데려다줘서 고맙다는 말도 자주했는데

요즘은 당연하게 생각하는 것 같아.

짜증도 늘었고 어떨 때는 그걸 다 나한테 푸는 것 같아.

데이트 때도 전처럼 잘 꾸미지도 않고,

모르는 남자 SNS에 댓글 단 것도 봤어.

어디 나만 변한 것 같아?

Isn't she lovely

나의 그녀는,

마릴린 먼로를
연상시키는
점을 가지고 있다.

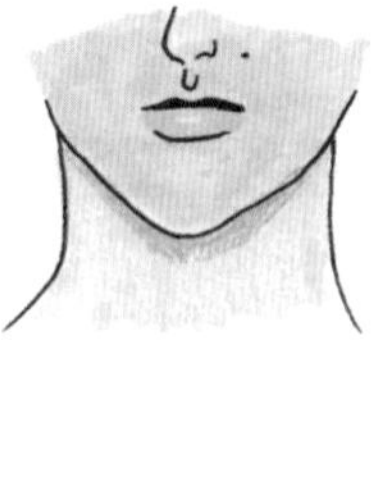

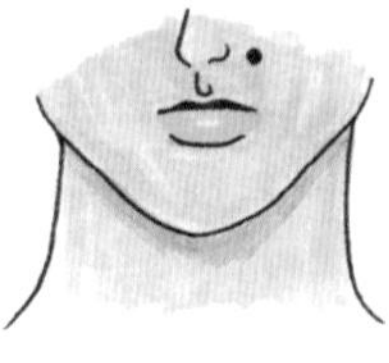

때로는
오서방처럼
보일 때도 있다.

뭐든 잘 먹지만
SAP
식탐이 많고
햄스터니?

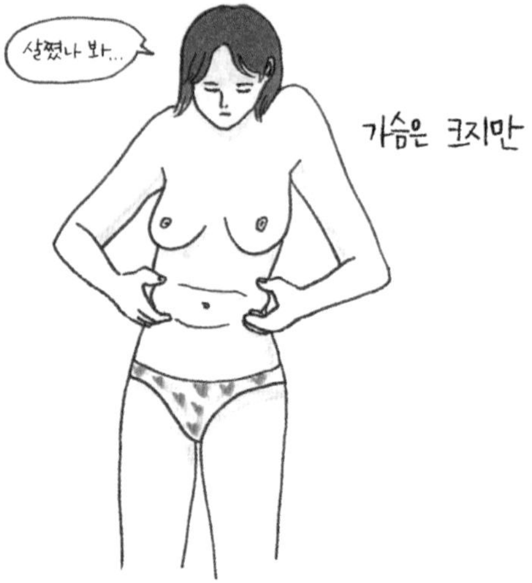
살쪘나 봐...
가슴은 크지만

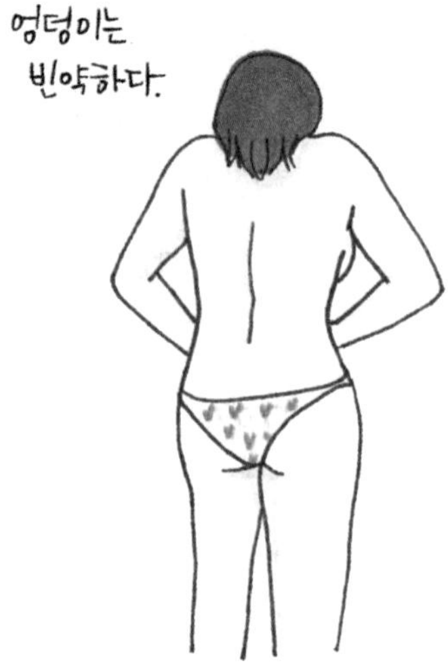
엉덩이는
빈약하다.

원래 사람 많은 곳
싫어해요.

좋고 싫음이 분명하다.

길 가면서 담배 피우는 사람 정말 싫어.
로맨틱 코미디는 질색이야.
우리 회사 송 대리 너무 싫어.
찝찝대는 사람 싫어.
오이 싫어. 순대 싫어.
그런 말 하는 거 싫어.
이것도 싫어.
네가 그렇게 행동하는 거 싫어.
다 싫어.

단, 좋은 것보다 싫은 것이
훨-씬 많다는 것이 문제라면 문제랄까...

똑 부러지는 모습에 끌렸지만
너무 똑 부러진 나머지
내가 곤란한 적도 많았다.

그건 좀
아니지 않나요?
어떻게
해결해 주실 거죠?
민 원

그래서 이런 그녀가 싫으냐고?

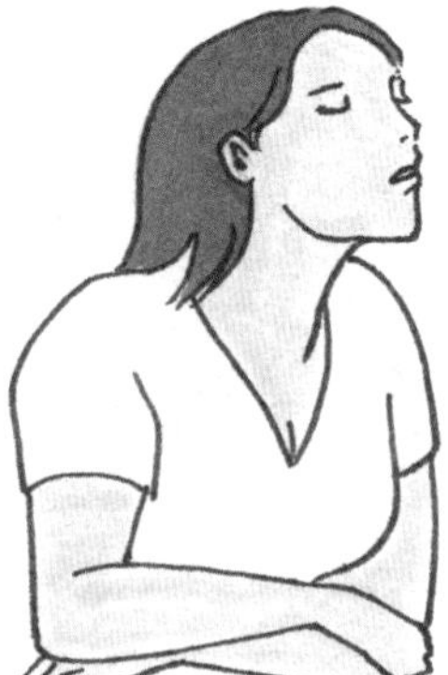

아니,
그럼에도 나는 여전히 그녀가 좋다.
단지 그녀를 향한 내 콩깍지가 벗겨졌을 뿐.

3ROUND

5years_

편해진 거지

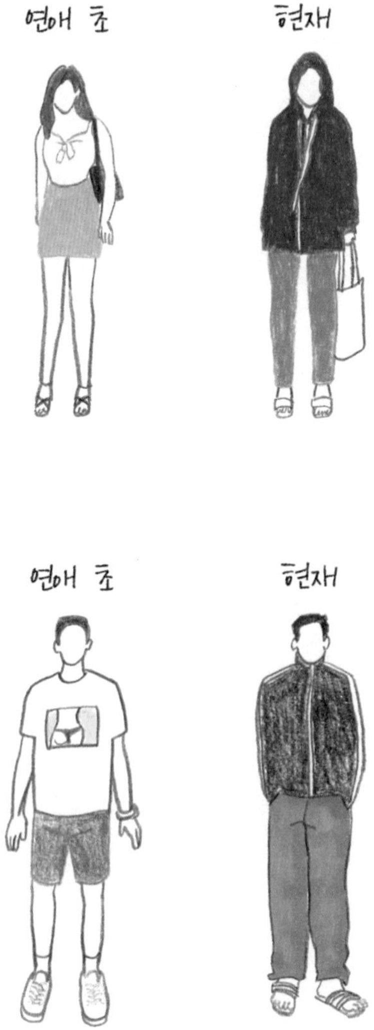

그래도 삼선 슬리퍼는
좀 심하지 않냐?
그러는 너야말로…
혹시 노브라는 아니지?

맨날 집이야

어... 그럴까?
근데 집이 제일 시원할 텐데

밖에서 데이트 좀 하자!

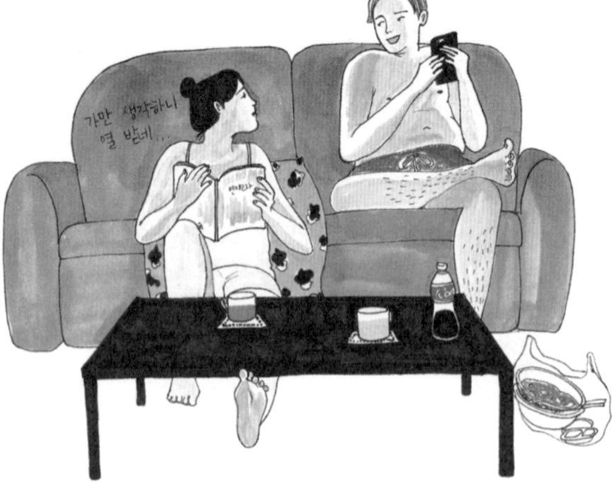
가만 생각하니
열 받네...

나른해#

미술관에서

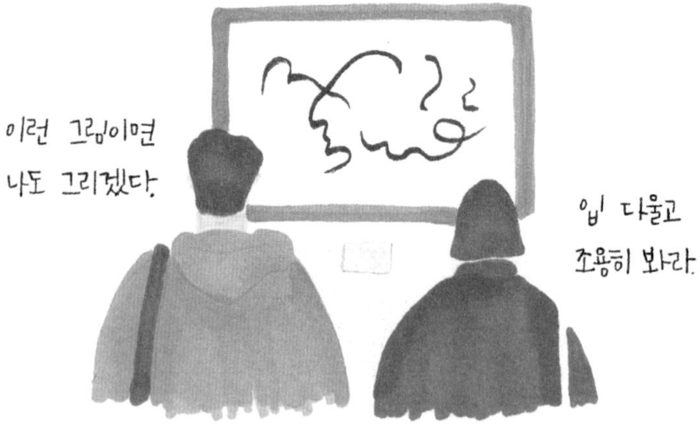
이런 그림이면
나도 그리겠다.
입 다물고
조용히 봐라.

쇼윈도 #
커플

사진첩

오빠
어디 봐?

갈수록 느는 것은 눈치

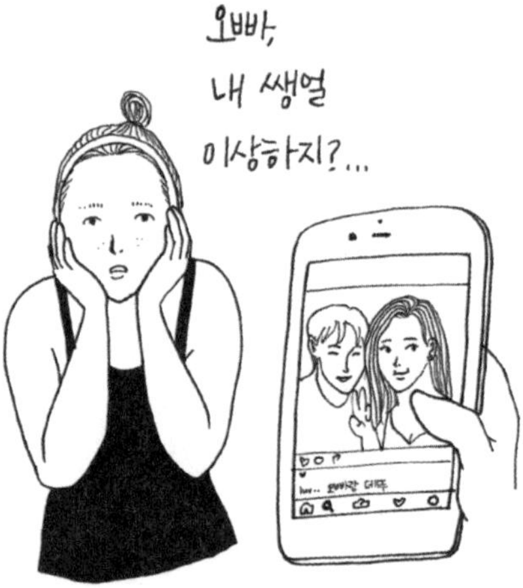
오빠,
내 쌩얼
이상하지?...

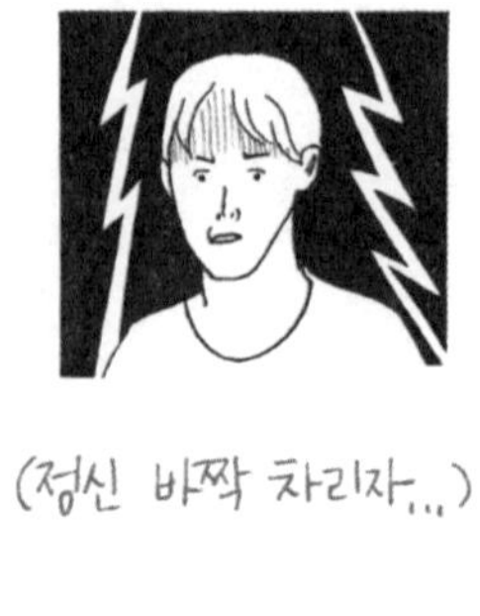
(정신 바짝 차리자...)

아니, 두 여자랑 사귀는 것 같고 좋은데?
FAIL

오빠
뭐 해?

- 오빠 요즘도 야동 봐?

- 아니, 어.
빨리 넘기기로 봐.

- 오빠... 오빠!!!!!

노 브라 토-크

- 모든 여자가 전희를 좋아하지는 않아.
  우리 커플은 옷 벗고 곧장 직행이야.
- 나는 본게임 전에 애무를 충분히 해 줘야 돼.
  그걸 얼마나 했느냐에 따라 느낌이 확 다르거든.
- 오 선생 만났나요~?
- 오 선생이 뭐야?
- 오르가즘 선생!
- 아 웃겨!
- 이런 19금 얘기를
  아무렇지 않게 하다니.
  우리 진짜 나이 먹긴 했나 보다.

누구[#]
마음대로

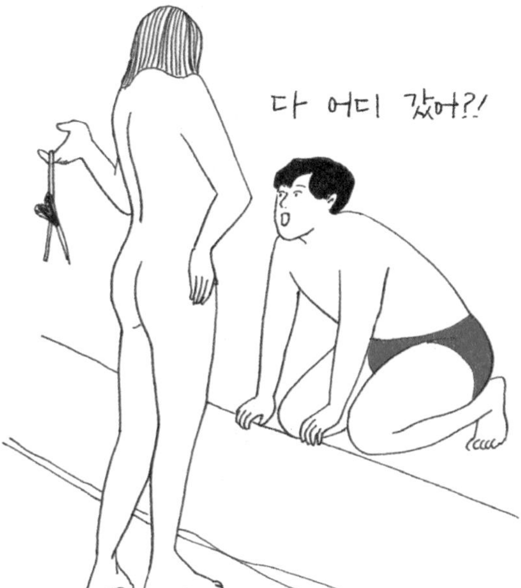
다 어디 갔어?!

이불 빨래

커다랗고 묵직한 이불을 쑤셔 넣고
아이스커피 한 잔 사서 입구에 걸터앉아
이야기를 나누다 보면 행복이라는 게
뭐 별거 아닌가 싶기도 하고.

연애가 거시기

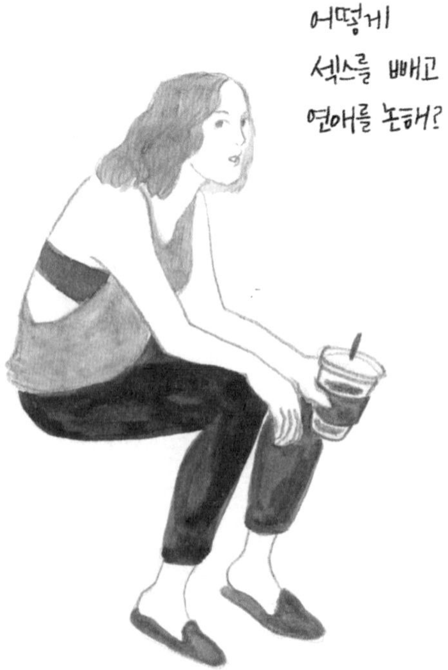
어떻게
섹스를 빼고
연애를 논해?

필로우[#] 토크

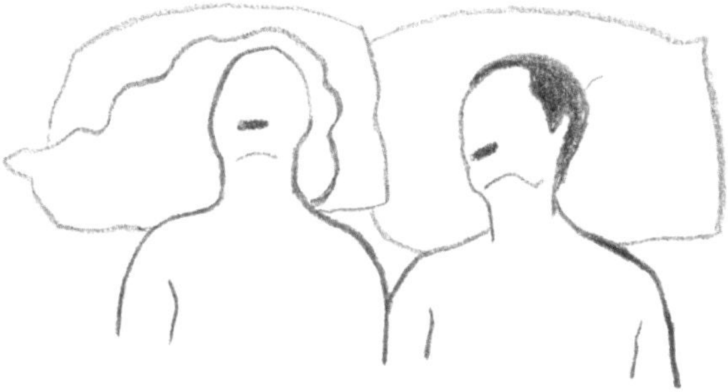

넌 어떨 때 좋아?
뭐든 다 좋지.

아니,

좀 더 구체적으로 ...

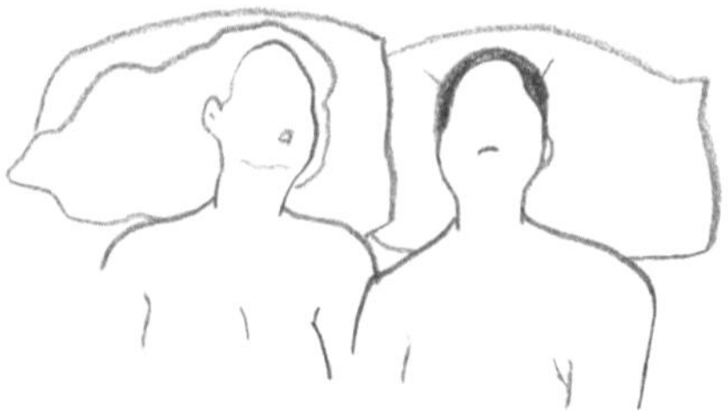

음...

네가 입으로 해 줄 때?

막 빨려 들어가는 느낌이야.

넌 어떤 게 좋아?

난 네가 온몸 구석구석을

정성스럽게 사랑해 줄 때

좋아.

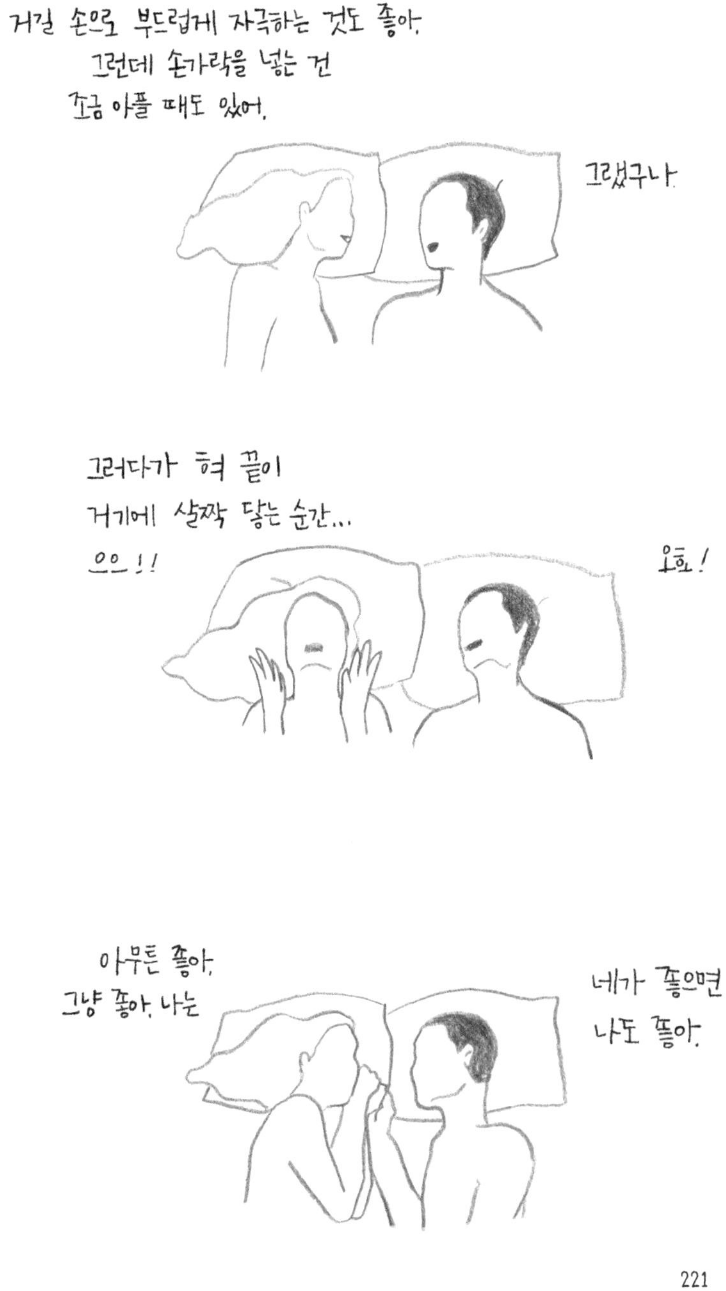
거길 손으로 부드럽게 자극하는 것도 좋아.
그런데 손가락을 넣는 건
조금 아플 때도 있어.
그랬구나.
그러다가 혀 끝이
거기에 살짝 닿는 순간...
으으!!
오호!
아무튼 좋아.
그냥 좋아. 나는
네가 좋으면
나도 좋아.

#더 자

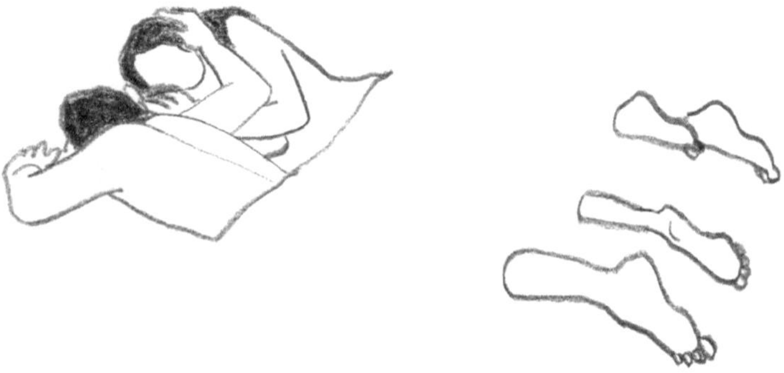

너의 등짝 #

다 그런 것은 아니다

연애 초

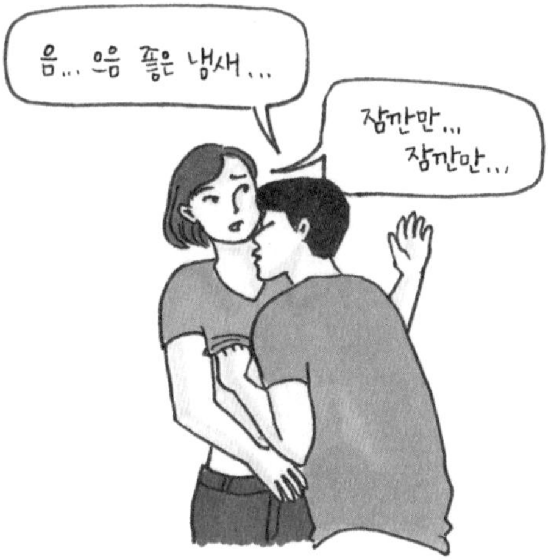
음... 으음 좋은 냄새...
잠깐만... 잠깐만...

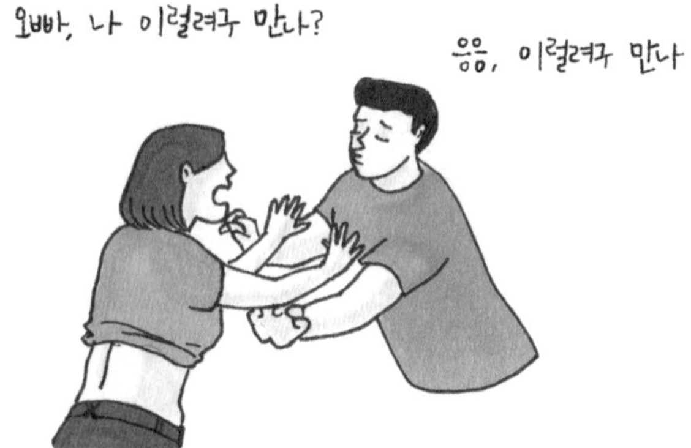
오빠, 나 이럴려구 만나?
응응, 이럴려구 만나

현재

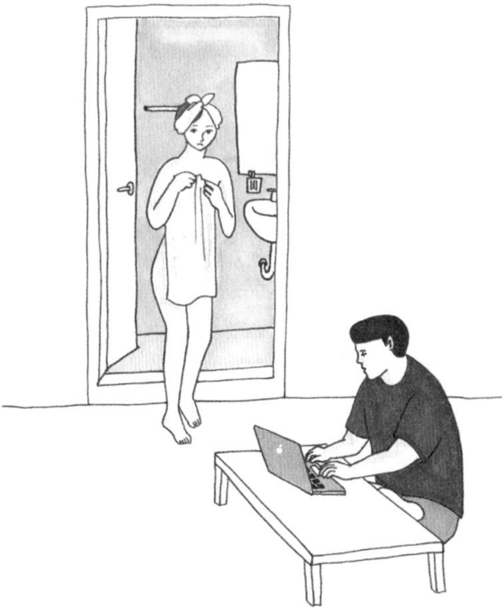

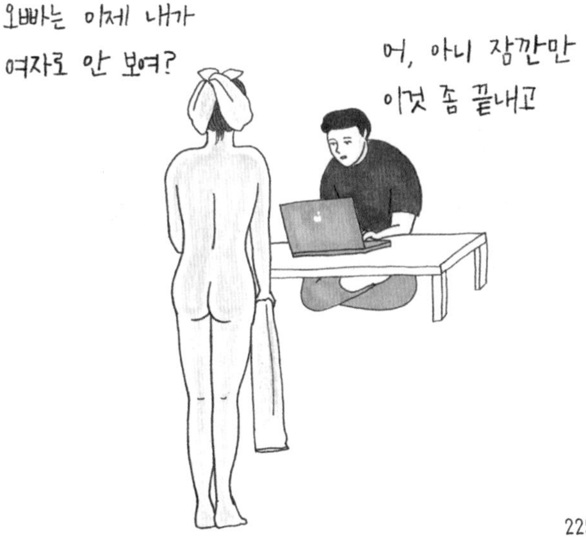
오빠는 이제 내가
여자로 안 보여?
어, 아니 잠깐만
이것 좀 끝내고

무슨 날이야?

연애 초
현재
누구 보여 주려고
이렇게 예쁘게 하고 왔어?
오늘 나 만나고
뭐 다른 약속 있어?
예쁘다.
낯설다.
울 자기 보여 주려고
신경 썼는데
어때? 예뻐?
아니? 간만에
치마 입었더니 어색하다.
이상해?

의심#

그냥 딱 촉이 왔어.
어쩐지 그날따라 네가 더 상냥하게 느껴지더라고.
편의점에 잠깐 뭐 사러 나왔다고 했을 때는
나도 모르게 깜빡 속았잖아.
아주 머리 꼭대기에 올라 앉으려고 했던 것 같은데
더 이상은 나도 못참아.

우리가
결혼할 수 있을까?

다른 마음

혼자서는 아무것도 못 하게 해 놓고

그동안 씩씩하게 잘 버텨 왔는데
이제 진짜 끝이라는 걸 실감한 순간,
모든 게 무너져 내려 버렸어
그리고 생각했어.

내가 너 없이 살 수 있을까?

믿어지지 않는 이야기

서로를 이해하기 위해 가졌던 시간이
너에게는 이별을 준비하는 시간이었을 줄은…
내 옆에 있을 때보다 떨어져 있던 그 시간이
오히려 편했었다는 너의 말
너무도 차분한 그 눈빛 아래 담담히 흐르는 너의 입술
그 틈으로 새어 나오는 차가운 목소리
⋮
우리가 헤어질 수 있을까.
정말 그럴 수 있을까.

소맥 한잔

빈자리 #

너의 이유

널 잃는 게 두려운 걸까.
혼자가 되는 게 두려운 걸까.

오늘이 마지막이야

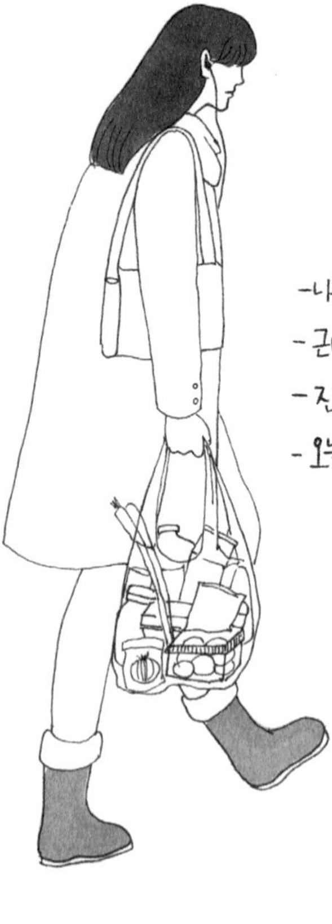

-나도 알지
-근데 이거 미련 아니야
-진짜야 오늘만이야
-오늘만 가고 다시는 안 갈 거야

잠옷, 속옷, 생리대, 칫솔, 화장품, 안경
다시 사려면 이것도 다 돈이니까.
어차피 둬도 쓰지도 못할 텐데...
맞다, 일하려고 가져다 놓은 노트북도 가져와야지,
그때 벗어 놓고 온 잠바랑 소파 밑에 들어간 DVD도 챙겨 오고
샌들도 신발장 어디에 뒀던 거 같은데...
또 뭐가 있더라.

참, 신발장에 우산도 있는데 그건 그냥 쓰라고 두고 올까.
간 김에 지난주에 싸우느라 못 했던 냉장고 정리나 해 주고 올까.
하긴 내 짐만 쏙 빼 오는 것도 좀 그러니까.
커피는 내가 다 타 먹어서 없을 테니 다시 채워 주고 와야겠지.
내일부터 추워진다니까 베란다에 화분도 안으로 들여놓고,
또 뭐가 있더라.

#캅기

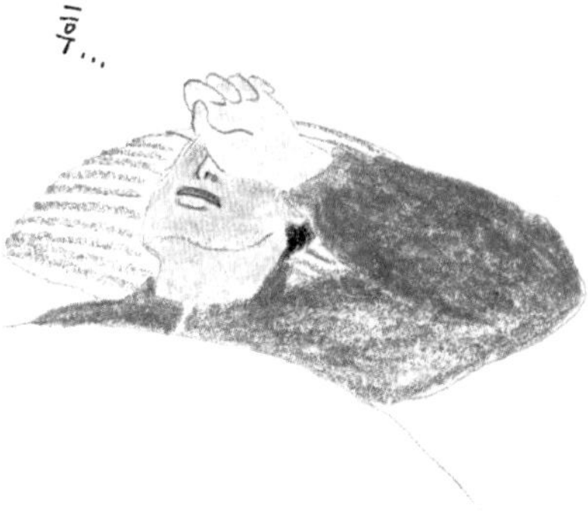
후...

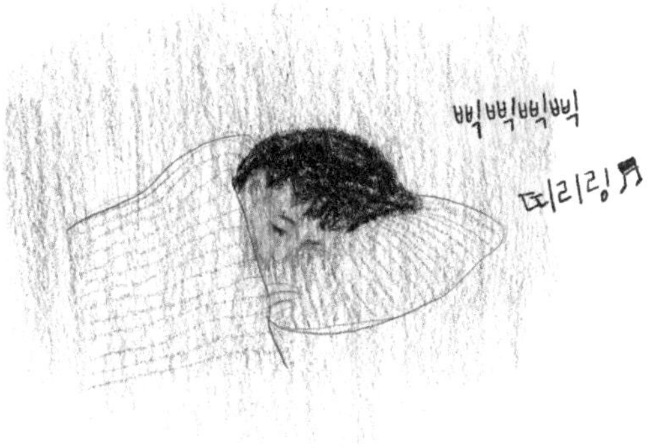
삑삑삑삑
띠리링

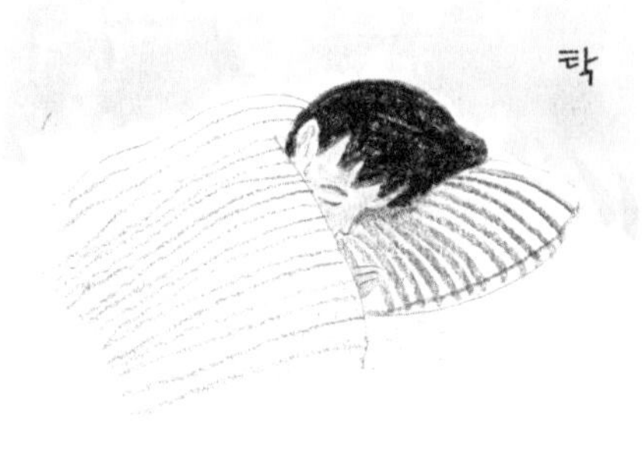
탁

눈 부셔...

오빠! 나 왔어
뭐라도
먹고 자는 거야 지금?

어휴...
내가 너
이러고 있을 줄
알았다.

대충 죽 쑤어 왔으니까
이거라도 먹어
그리고 약 먹고 다시 자.

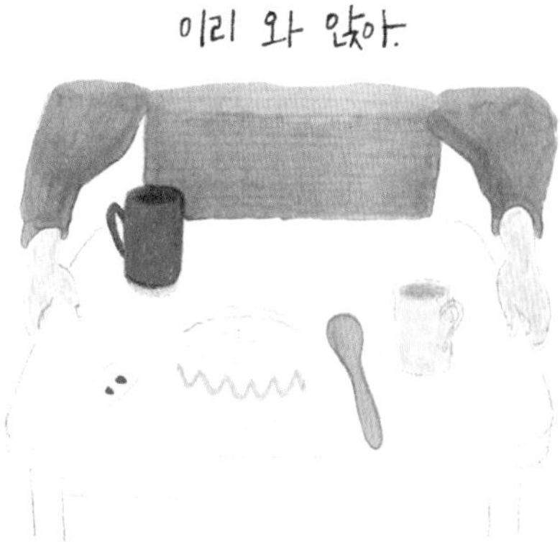
이리 와 앉아.

근데,
정말 대충 만들었나 보네
농담하는 거 보니
아직 덜 아픈가 보다?

고마워...
그럼, 나 갈게

쉬어

띠리링♪
탁

\# 드라마 같은
사랑

가끔은 유치한 드라마에서 사랑을 배우기도 한다.
연애에 대한 열정이 사라지고
이것저것 따지며 재는 이유 역시 내가 속물이라서가 아니라
나이가 들어서라고 합리화하는 나에게
드라마 속 경주마 같은 여주인공의 순애보 만큼이나
비현실적인 사랑이 또 있을까. 지금 내 곁에 있는 그 사람에게
단 한 번이라도 그만한 열정을 쏟아부은 적이 있었나.
.
.
.
.
.
.
.
.
아, 오늘 아침에도 나는 그에게 짜증을 냈었지.

애증의 시작은
아마도

언제인지 정확히 기억이 나진 않지만
그 사람과 내가 세상 그 누구보다 가까워졌다고 느낀 순간
내가 어떻게 변했는 줄 알아?
내 마음속 깊은 곳에 있던 열등감이나 분노…
이런 것들이 쏟아져 나오기 시작했어.
살면서 한 번도 본 적 없는 모습을 그 사람에게 보이고 만 거야.
더 잘 해 주고 아껴 줘도 모자랄 판에
가장 밑바닥의 추악한 나를 보여 주며 그 사람을 힘들게 한 거지.

너는 너
나는 나